修学院夜話

木村草弥詩集

澪標

修学院夜話

目次

I　二ツ森幻視

II　修学院夜話

装幀　森本良成

I　二ツ森幻視

三界の狂人は狂せることを知らず。
四世の盲者は盲なることを識らず。
生れ生れ生れ生れて生の始めに暗く、
死に死に死に死んで死の終りに冥し。
——空海

一ツ森羨望

マヤのキチェ族の神話『ポポル・ヴフ』は、世界が創造される以前、光もない静寂の中で、空の下には水（海）があるのみだったと語る。

神々は水の中から大地を出現させ、動物を作り、人間を作ろうとした。泥で、次いで水で人間を作ろうとするが、いずれも失敗に終わる。

その後、太陽が出現するのと相前後して、神々はトウモロコシで人間を作り上げ、世界が完成する。この最後の創造の前、大洪水が起こり、黒い雨が降り、古い世界は完全に破壊された。

『チェマイェルのチラム・バラムの書』も、天地創造に伴う大洪水を記しているし、マヤ文字による『ドレスデン文書』にも、天の怪物の口から大地へと降り注ぐ雨、すなわち大洪水の場面が描かれる。雨で世界が終わり、新しい世界が創造されるというモチーフは、メキシコ中央高原のアステカが伝える神話にも見られ、メソアメリカ一帯に広がっていた古い世界観の所産だろう。

雨はマヤを始めメソアメリカ地域の主食であったトウモロコシ、豆類など多くの作物を生育させ、豊穣をもたらすとともに、過剰な雨は、世界の破壊をもたらし、さらにそれは世界の更新へと繋がる、と考えたのである。

このような思想は、ある意味でユニバーサルなものだが、雨、あるいは水が、日常的な世界で、生命の死と再生のサイクルを進めるものだと理解していたのだろう。

マヤの雨の神はチャクという名で呼ばれ、雨とともに稲妻も司った。後古典期（西暦九〇〇〜一五二一年）の文書に現れる神々を分析したシェルハスがいうB神がこれにあたり、長く垂下がる鼻がその特徴となっている。チャクは東西南北と色に応じて四つの表れ方を持っていた。

東にあたるのがチャク・シブ・チャク（赤いチャク）。北がサク・シブ・チャク（白いチャク）。西がエク・シブ・チャク（黒いチャク）。南がカン・シブ・チャク（黄色いチャク）である。

カトリックを受容している現代のマヤ族も、複数のチャク神が存在すると、今でも信じている。例えば、チャン・コムという村では、チャク神たちの長は大天使ミカエルであり、その指揮下に、稲妻をもたらすボロン・ガン・チャク（九天のチャク）、雨をもたらすチャレン・カン・チャク（清い水天のチャク）などが活躍すると考えられていた。

チャクの表象は、古典期（西暦二五〇〜九〇〇年）まで遡る。

古い中心地となった熱帯雨林地域で彫刻されたチャクは、チャク・シブ・チャクであった。

この神は、爬虫類に似た顔をし、身体には鱗を生やし、手には稲妻を起こす石斧を携えている。漁をする姿で描かれることもある。

興味深いのは、この神が、八世紀ごろに隆盛を極めたパレンケ王朝の、三始祖神のひとつとされるGI神と同じ神だと考えられることである。GI神は魚の鱗を頬に付けているが、明らかに太陽神であり、太陽と双子である金星神の性格も持っている。

また古典期の王は、しばしばチャク・シブ・チャクの表象を身に着けていることから、王権との繋がりも指摘される。雨、太陽、金星、王権が、チャクの中で結びつくのである。

チャク神の崇拝が最も盛んに興ったのは、ユカタン半島のプウク地域であった。

古典期後期の大センター、ウシュマルの大ピラミッドの各所に、チャク神の顔が、金星の記号を伴って施されている。

ひときわ壮観なのは、カバー遺跡のコズ・ポップという建物である。

コズ・ポップの西側正面は、約四百のチャクの顔で覆われている。

プウク地域は、マヤ文明の最初の中心地となった熱帯雨林から離れた丘陵地にあり、雨が少なく、地表を流れる川もない。

雨神崇拝が極端な形で発達したのは、そういう自然環境の苛酷さからだったのだろう。

閉所恐怖症

私は閉所恐怖症だ。「閉じ込められる」のがとても怖い
子供の頃、大仏殿の「胎内くぐり」を体験して怖かったのが初まり
「何とかくぐり」というのはあちこちにあり何故人々は好むのだろう
長野の善光寺の胎内くぐりも暗闇の中を手さぐりで進む
壁伝いに列をなして闇を行くこと恐怖の数刻
エジプトのピラミッドに行って中に入ったことがある
中は入った人の体臭が籠り、むっとして気持わるかった
巨大な石が全身を圧迫するようで心臓が割れるように打っていた
何とか洞という鍾乳洞も怖い、垂下がる鍾乳石が怖い
フランスのカタコンベという骸骨が立ち並ぶ地下の記憶

ロマネスク

堂内は深い闇だった。先ず「ナルテックス」に入る
玄関間とも洗礼者志願室とも訳される
ここはディジョンとリヨンを結ぶ《黄金街道》の中間点
トゥールニュというソーヌ川沿いのサン・フィリベール教会
初期ロマネスクの名刹である。とりわけナルテックスと
身廊の巨きな円柱が傑作とされている
岩窟のように無骨な粗石造りの地下祭室（クリユプタ）も佳い
この地で布教し殉教した聖ヴァレリアヌスを祀る祭室
もとは地下の霊と交わろうとしたケルトの聖所だった
紀元前、トゥールニュはケルトのアエドゥイ族の集落だった

最後の審判

フランス、コンクのサント・フォア教会の「タンパン」
タンパンとは教会の扉の上部の半円形のアーチ部分
キリストの上げた右手に神の国、
下げた左手に地獄の有様が彫られている
十二世紀初めから一一三〇年頃の作品である
シトー会の聖ベルナールは先立つクリュニー会の華美さを嫌った
イエス・キリストの清貧な生活に帰れ、ということである
だが、そのシトー会にしてからが讃美歌合唱に血道をあげていた
ロマネスクの時代は「ヨハネ黙示録」の時代と言われる
『新約聖書』の最後を飾る歴史物語が定着していった

二ツ森幻視

三界の狂人は狂せることを知らず。
四世の盲者は盲なることを識らず。
生れ生れ生れ生れて生の始めに暗く、
死に死に死に死んで死の終りに冥し。　空海

千年も生きつづけるつらさ。
千年待ったのでした。
待ちつ待たれつ、山河をめぐり、
雲の流れる処、波の寄せる磯辺へも渡り、
高僧、聖者の名を耳にすれば、
裾にすがりつき「どうか死を賜われ」と。
僧も神人も、祈り、祓う聖言を口にするだけで、
私をただ、あきれ好奇な目で見つめるだけでした。

未だ老いず、肌も皺みもせず、

ほんのり紅をさす乳房にも童の含みも知らず、
蛍雪を経るごと光さす肢体になるのでございます。
源平の戦にも参り源義経公にも、おめもじいたしました。
旅した訳は、聖衣へのすがりもありましたが「男」でございます。
女というものは、子を成すことで次なる生命を宿すことによって、
母胎になったとき、私のすべてのエネルギーが輝かしい童となり、
肌が皺み、肉体が亡んでゆくことを。
だが、この地の男は恐れるばかりで私と交わろうとはいたしませぬ。
各地を放浪し、夫となるべき何人もの男さえも、
私を母にはさせてはくれませなんだ。
私は祈りました。黒髪が藻屑のように乱れ、息絶えることを。

私ですか。私は若狭・八百比丘尼またの名を白比丘尼と申します。
異人たちは私たちの知らない魔力を沢山知っているのです。
不老不死の妙薬「人魚の肉」。ああ外界の人々の力は恐ろしい。
外界とは朝鮮半島の話です。

無情に打ち拉がれて、この若狭に戻ってきました。
諸国をめぐりようやく、この地が立錐の余地もない神仏の郷だと気づいたのです。
この窟に隠れ一本の椿を植えました。
椿の花が咲き乱れていれば、私の紅の乳房が息づいています。

八百比丘尼の伝説を平安朝特有の長命伝説と思ってはいけない。

この若狭、そして日本海が長い間、異国からの入り口であり、異なる文化、異なる人々への憧れであり、日本人としての根源的な欲望の現れであると信じる。

ましてや八百比丘尼の生命そのものである「椿」は「津端木」であり、テリトリーの狭間に植する木なのだ。あの日本最古と言われる市、奈良の「海石榴《つばいち》」市も、そうした境に植えた椿を目印に「市」を開いたのである。

若狭は、まさにそうした海辺の郷であり、大陸との接点であり、表玄関だったのだ。

常神半島に来て驚いたのは半島先端には、御神島、常神、遊子、神子と、半島全体が、神霊そのものの名前で満たされているのだった。

そして半島の付け根には、気比神宮、闇見神社という聖なる空間であった。

私は幻視し、そこを二ツ森と名づけた。

神霊の気配、威力を司った聖地空間、現代においては、新たな魔の力まで、この地に加わった。

「原発」である。フクシマの原発爆発事故の起きた今となっては、その魔の力がマイナスになりはしないか、と私には危惧されるのだ。

神霊が帰ってきた。死者も戻ってきた。

死者の祭は今がたけなわ。「参って」「参って」と叫ぶ子供たちは、村の境まで追いかけて袖を引く。

地蔵盆の夕闇は、半島の付け根まで死神色に染まって揺れている。

老人は玉の汗を拭い、「若狭の地蔵盆は、街道から、海から山辺から無縁の仏が列をつくってやってくるやってくるのや。若狭者は、心やさしいさかい」と。

八月末の日本海は、歩いて渡れるほど油色に凪いで、漁夫の大あくびに似て揺れている。

夏の若狭は、海に潜む静けさだ。そんな夕暮れに、地蔵盆が始まる。

帰る家とてない行倒れ、水死者、そうした亡者たちが、道の辻々の地蔵堂に癒されるのである。

あの大椿の根方にも霊がたゆとうている。

堂の後ろに白い「ふくらはぎ」が確かに見えた。昼間みた女帝・元正天皇を御影に映した十一面観音
菩薩の密やかな微笑が、幻影として蘇ったのか。若狭は、その面積に比して神社のなんと多いことか。

無数の神の領域、寺々の鐘の多いことか。

この暑さの中に、霊的空間に身をゆだねていると、子供たちが叩く鉦の音が耳元に鳴っている。

まもなく鯖街道を行き来する「秋鯖」の美味しい季節がやってくる。

老夫婦二人が浜で網を繕う。御神島に日が沈む。老夫は、神の鎮まる島に向かって大くさめする。

夏の幻視は、くさめに見事に消し飛び、夏の死神色の闇が来た。

隣の芝生

「隣の芝生は青い」というのは、どういうことだろう
芝生の青さはどこでも同じだが、隣の分はうちより青く見える
その背後にあるのは「やきもち」だというわけ
これをひっくり返すと、他人の不幸は蜜の味だからか
どちらも人間の真実を突いているとは思いたくない
最近の若者は「心理」が好きらしい
臨床心理学の志願者が多いと聞く
臨床心理士という資格があって、そのせいかも知れない
心理が好きだということは、たぶん「自信」がないのである
自分がどうだとか、他人がどうだとか、それを考える

アーチーズ

長く伸びた岩山の上に立つと吹き上ってくる微風が爽やかだ
気温は摂氏三二度、空は晴れ渡り雲ひとつない
空気は乾いてシャチの背びれを並べたような岩山がうねる
高いところから見下ろすと巨大な岩の集合体
こんなにも力強く変化に満ちた自然景観はみごとだ
ここはアメリカ、ユタ州のアーチーズ国立公園
その名の通り穴の開いたアーチ状の岩が二千以上存在する
最大のものはランドスケープアーチと呼ばれ長さは九二メートル
昔はアーチの上を歩けたというが、いつ崩れるか分らない
西日を浴び赤く燃える尖塔岩その中にサンデューアーチが隠れている

紅　葉

人間の営々とした努力の積み重ね
現在の我々はいつの間にか人工的な介在物で囲っている
自然環境は遠のき、たまに触れる自然は景観となる
歩き回っていれば自然に触れられるという錯覚
却って在来の自然と直接触れる機会を逃している
様々な紅葉も数日の後には枯れ葉となり散ってゆく
高山植物の目に見える変化は秋が一つの区切りだということ
「あの岩」が目に飛び込んできたのも秋に区切りのある意味だ
区切りを越えて存在する筈だった岩は一万回の区切りを
一万回の秋を重ねることのない、限りのあるものだった

シラ

気象、天候、大気、世界そして宇宙をエスキモーは「シラ」と呼ぶ
それは天候を司さどる精霊の名でもあった
狩猟民にとって天候は成功のための必要条件である
彼らは「シラ」を自然界の精霊の一つとして崇拝した
「シラ」は人間が恐れる自然現象によって語りかけてくる
太陽の光や静かな海、無邪気に戯れる子供を通じても語りかける
子供たちは女性のような静かで優しい声を聞くのだ
ただ彼らは何かの危険が迫り来ることも聞くのだ
誰も「シラ」を見たことはない。その所在は謎である
たった今、人間界にいたかと思えば無窮の彼方へ消え去る

三ツ森ハレ変異

三十数億年前に地球上に、生物が現れた時、生物は、たった一つの型だったことが確かめられている。それから三十数億年を経たいま、地球上には億を超えると推定される多くの数の種が生きている。生物の進化は、多様性という現象で典型的に顕現しているのである。生き物は、大腸菌からヒトまで普遍的な生命現象を演出している。その普遍的な生命の原理のうちに、多様性を創出するという側面のあることも今では科学の常識だ。生物の多様性の創出は、生命が地球上で生きることを始めた初日から営々と演じられてきた生命現象なのである。

生物進化し、細胞に納められているＤＮＡのもつ膨大な量の情報に、ごく僅か変異が生じることを引き金にし、小さな変異が長い年月集積して、やがて新しい種の形成に至る。生き物の演じる普遍的な原理のうち、ＤＮＡの複製が正確に行われるという事実は最も大切なものの一つであるが、これは同時に変異を創出するという側面をも兼ね備えた原理なのである。地球環境は変化するし、一方、多様に分化した生物は生命活動によって地球環境に影響を及ぼす。酸素発生型光合成によって、地球を覆うオゾン層を形成したから、生物の陸上への進出が可能になった事実など、まさに生物進化の神髄を示すものである。

生物進化の引き金はＤＮＡに生じる小突然変異である。ＤＮＡの正確な複製によって生きることを継いでゆく生物に、変異が生じるということである。安定志向の生き様に、恒常的にカオスを導入するのである。

当然のことながら、生き物は、このような変異を消し去ることを慣わしとしている。

ウリの蔓にはナスビは生らないのが生き物の生き方なのである。

生き物が有性生殖を進化させてから、生物進化の速度は飛躍的に早まったと計算される。

しかし、有性生殖集団において新しい種が形成されるのには百万年単位の時間がかかる。

小さな遺伝子突然変異がきっかけになって、その変異が地球環境と呼応して生物の多様化に顕現するまでには、それくらいの時間を要するのである。

生き物が地球上で生命活動を始めてから三十数億年の年月を経て、たった一つの型だった生き物は億を超えると推定されるほど多くの種に多様化した。しかし、これだけ多様な生き物たちは相互に直接的間接的に不可分離の関係性を持ち合っている。

すべての生物は、一つの個体、一つの種単位では、この地球に生きる生を演出できない存在なのだ。常にカオスを生み出している生き物の生は、同時に、億を超える種が一体となって一つの生を生きているのである。多様な生物が、生命系と呼ぶ一つの生を生きているということは、カオスを常在的に孕んだ生き物が、あらゆる瞬間にコスモスの生を生きていることを意味する。

変異を生じる術を知らなかったら、恐らく間もなく絶滅という運命に遭遇しただろう。

三十数億年の進化の歴史を経て、私たちが今、生を享受しているのも、生き物が常にカオスを創出しながら、それをコスモスに導く生き様を生き抜いてきたおかげである。

生物進化はハレという言葉によって説明される事実を、三十数億年かけて演出し続けている現象であると言える。

今しも新型コロナウイルスという未知の手ごわい相手が登場し、ヒトは手ひどい損害を受けている。

中世のペスト禍に匹敵すると言われている。

それは「ハレ」と浮かれるヒトに対する、手ひどい「褻《ケ》」ではないのか。

目下、戦い中である。

II　修学院夜話

うつつある物とはなしの夢の世にさらば覚むべき思ひともがな
知らざりきさらぬ別れのならひにもかかる嘆を昨日今日とは
さまざまにうつりかはるも憂き事は常なるものよあはれ世中《よのなか》

（後水尾天皇　二十一歳　御製）

『後水尾院御集』恋の歌

『後水尾院御集』には多くの「恋」の歌が載っている。堂上和歌に於いては、ものに寄せて詠まれるもので、今の短歌のように即物的リアリズムではないが、この頃の最愛の「およつ」御寮人であるから、まんざら違和感があるとは言い切れないので、こんな歌を引いておく。

初恋

末つひに淵とやならん涙川けふの袂を水上にして

今日ぞ知るあやしき空のながめよりさは物思ふ我身なりとは

萌え初むる今だにかかる思草葉末の露のいかに乱れん

見恋

我にかく人は心もとどめじを見し俤の身をもはなれぬ

人にかく添ふ身ともがな見しままに夢も現もさらぬ面影

且見恋

忘られぬ思ひはさしも浅からで浅香の沼の草の名も憂し

思ひのみしるべとならばたのめただ哀あやなき今日のながめを

誓恋

たのまじよ言の葉ごとの誓ひにて中々しるき人のいつはり

契恋

別れてはよもながらへじ憂き身をも思はぬ人や契る行末

たのまじよ言よく契る言の葉ぞ終（つひ）になげなる物思ひせん

此の暮をまづ契おけ命だに知らぬ行衛はあやな何せん

不逢恋

いかさまにいひもかへましつれなさのおなじ筋なる中の恨は

つれなさの心見はてて今更に思へばおなじ身さへくやしき

あればありし此の身よいつのならはしに夜を隔てむも今更に憂き

惜別恋

あくる夜の程なき袖の涙にや猶かきくらすきぬぎぬの空

とどめては行かずやいかに我こそは人にのみ添ふ今朝の心も

くり返しおなじ事のみ契る哉行きもやられぬ今朝の別れに

誰がための命ならねど思ふにも見はてぬ夢の今朝の別路（わかれぢ）

後朝恋

身に添へて又こそは寝め移り香もまださながらの今朝の袂を

後水尾院と徽宗のこと

後水尾院の葬送のときに、院の遺体の上段に「徽宗皇帝の三尊仏が掛けられ…」と描写されている。なぜ「徽宗」なのかというと、芸術、書、絵などの才能に優れた点を院は敬愛されたのである。徽宗の生涯は政治的には失敗であったといえるが、そんなことは院には判らないことであった。以下のようである。

徽宗（きそう、一〇八二年十一月二日（元豊五年十月十日）～一一三五年六月四日（紹興五年四月二十一日）、在位：一一〇〇年～一一二五年）は北宋の第八代皇帝。諡号は体神合道駿烈遜功聖文仁徳憲慈顕孝皇帝（退位したので「遜」（ゆずる）という文字が入っている）。諱は佶。第六代皇帝神宗の子。芸術面では北宋最高の一人と言われる。

神宗の第十一子として生まれたが、一一〇〇年、兄哲宗が嗣子のないまま二十五歳で崩御したため、弟である徽宗が皇帝に即位した。宰相章惇ら重臣は徽宗の皇帝としての資質に疑念を抱いていたため他の皇子（簡王）を皇帝に推したが、皇太后向氏の意向により徽宗に決まったとされている。治世当初は芸術家の魂ともいえる絵筆を折って政治への意欲を示し、穏健な新法派で皇太后の信任が厚かった曾布を重用、曾布は新法・旧法両派から人材を登用して新法旧法の争いを収め、福祉政策を充実させるなど漸進的な改革を進めた。だが、やがてこれに飽き足らない新法派の蔡京らの策動によって曾布は失脚し、蔡京が政権を掌握するに至る。

文人、画人としての徽宗はその才能が高く評価され、宋代を代表する人物の一人とされる。瘦金体（「瘦金」は徽宗の号）と称される独特の書体を創出し、絵画では写実的な院体画を完成、「風流天子」と称された。現在、徽宗の真筆は極めて貴重な文化財となっており、日本にある桃鳩図は国宝に指定されている。

皇帝としての徽宗は自らの芸術の糧とするために、庭園造営に用いる大岩や木を遠く南方より運河を使って運ばせた（花石綱）。また芸術活動の資金作りのために、『水滸伝』の悪役として著名な蔡京や宦官の童貫らを登用して民衆に重税を課した。神宗、哲宗期の新法はあくまで国家財政の健全化のためであったが、徽宗はそれを自らの奢侈のために用いるに至ったのである。

この悪政の一環としては、土地を測量する際に正規の尺より八パーセントあまり短い、本来は楽器の測定に用いる楽尺といわれる尺を用い、それによって発生した余剰田地を強制的に国庫に編入したり、売買契約書が曖昧な土地を収用するなどの強引な手段もとっている。

このような悪政によって民衆の恨みは高まり、方臘の乱を初めとした民衆反乱が続発した。こうした反乱指導者の中に山東で活動した宋江と言う者がおり、これをモデルにした講談から発展して誕生したのが明代の小説『水滸伝』である。

当時、宋の北方の脅威であった遼は皇帝や側近の頽廃により国勢が衰えてきていた。さらに遼の背後に当たる満州では女真族が完顔阿骨打を中心として急激に台頭していた。

女真と協力して遼を挟撃すれば、建国以来の悲願である燕雲十六州奪還が可能であると捉えた北宋の朝廷は、金に対して使者を送り、盟約を結んだ（海上の盟）。

一一二一年（宣和三年）、金は盟約に従い遼を攻撃したが、北宋は方臘の乱の鎮定のために江南に出兵中であり、徽宗自身の決断力の欠如もあって、遼への出兵が遅れた。

翌年、ようやく北宋は北方へ出兵し、遼の天祚帝のいる燕京を攻撃した。

宋軍の攻撃は失敗を重ね、成果を上げられない事を理由に誅殺されることを恐れた宋軍の指揮官童貫は金に援軍を要請。

海上の盟では金は長城以南に出兵しない取り決めであったが、金軍はこの要請に応えてたちまち燕京を陥落させた。

この結果、盟約通りに燕雲十六州のうち燕京以下南の六州は宋に割譲されたが、金軍によって略奪が行われていた上に住民も移住させられていたため、この地からの税収は当分見込めない状態であった。

さらに金は燕京攻撃の代償として銀二十万両、絹三十万匹、銭一〇〇万貫、軍糧二十万石を要求したが、北宋はこれを受諾せざるを得なかった。

一一二五年（宣和七年）、このように燕雲十六州の一部奪還に成功した宋朝は、金に占領された残りの州の奪還を計画し、遼の敗残軍と密かに結んで金への攻撃を画策した。

しかしこの陰謀は金に露見し、阿骨打の後を継いだ太宗は宋に対して出兵する事態を招く。

慌てた徽宗は「己を罪する詔」を出すと退位し、長男の趙桓（欽宗）を即位させ、太上皇となった。

さらに金軍から逃れるべく開封を脱出したが、欽宗により連れ戻されている。

一一二六年（靖康元年）、金は開封を陥落させた。徽宗は欽宗と共に金に連行され（靖康の変）、一一三五年（紹興五年）、五国城（現在の黒竜江省依蘭県）で五四歳で死去した。

またこの時共に彼の妃韋氏、息子欽宗の妃朱皇后など、宋の宮廷の妃、皇女、あらゆる宗室の女性や女官、宮女達が、金軍の慰安用に北に連行され、後宮に入れられた後、一一二八年六月には金の官設の妓楼である洗衣院に下されて金人皇族・貴族を客とする娼婦になることを強いられた。

結果、韋妃は高宗の生母であったこともあって、耐えて後に南宋に帰国したものの、朱皇后は、その境遇に耐えかねて、身を投げて自殺している。

徽宗は、道教を信仰し、道士の林霊素を重用した。林霊素は「先生」の号を授けられ、道学が設置された。徽宗自身は「道君皇帝」と称し、『老子』や『荘子』に注釈を行った。

その矛先は仏教に対する抑仏政策にも現れ、仏（如来）を「大覚金仙」、僧侶を「徳士」などと改名させて、僧侶には道服の着用を強制した。但し、これ一年で撤回された。

禁裏は火事が多かった

冷泉為人が二〇〇七年に書いた論文を見ると、禁裏は火事が多かったことが判る。一部を引いてみる。因みに、冷泉為人は現当主であり、財団法人・冷泉家時雨亭文庫理事長である。

4．後西天皇の万治四年（一六六一）正月十五日、関白二条光平室賀子内親王家より出火。内裏を始め、後水尾院の仙洞御所、東福門院の女院御所、明正院の新院御所等が炎上した。火元の関白二条光平邸をはじめ、公家の邸宅一一九、社寺一六、町家五五八を焼失した大火であった。これほどの大火であったのにもかかわらず、幸いにも西御唐門、御輿宿、御文庫、北女中雑蔵の四棟と、塀（築地塀）などが焼け残った。これらの焼失を免れた原因は何かを検討することが大事。ここでも御文庫、雑蔵、築地塀などの土蔵造が残っているので、土蔵造は防火には有効であることが知られる。これは前の承応二年の火災の時においても、同様に御文庫、御蔵、塀など二十四が焼け残っている。

さらに寛文三年（一六六三）に後西天皇が譲位する時、築地之内に明地がなかったので、内裏の南にあった二条家の屋敷地を築地之外へ移転させている。つづいて延宝元年（一六七三）からはじめられた後西院御所造営のため、院御所の南にあった頂妙寺を鴨東へ移転させている。

5．寛文十三年（一六七三）五月八日に、内裏は江戸時代になって三回目の火災にあった。これは未明丑刻（午前二時）、内裏の東南の関白鷹司房輔邸より出火。内裏をはじめ、仙洞御所（後水尾院）、女院御所（東福門院）、新院御所（後西院）などが炎上した。さらに左大臣九条兼晴邸をはじめ、多くの公家邸宅を焼失し、町数一三〇、町家一三〇〇余を焼き尽くす大火であった。しかしこれほどの大火であったにもかかわらず本院御所（明正院）の中程から北側は焼失を免れた。その他御文庫三棟が焼け残った。

明正院の御所の北側半分が焼け残ったのはどうしてであろうか。風向きによるものであろうか、消火が有効に機能したためであろうか。これらは今後の検討課題である。

6．東山天皇の宝永五年（一七〇八）三月八日午刻（正午）、油小路姉小路の銭屋市兵衛宅より出火。西南の風が強く吹いたため、火はたちまち東北に燃え広がり、内裏をはじめ、仙洞（霊元院）、女院（新上西門院）、東宮（慶仁親王）、中宮（皇后幸子内親王）、女一宮（後光明院女一宮孝子内親王）などの御所を焼き、左大臣九条輔実邸、前関白鷹司兼熙邸などの多くの公家邸宅をも焼失した。およそ北は今出川通より南、東は鴨川より西、南は四条通より北、西は堀川より東の広大な地域が灰燼に帰した。

大火と気象との関係が課題となるであろう。そしてさらにこの宝永の大火後の、内裏新造営や公家町の復興において、防災の観点から公家町の拡張という公家町再編がなされた。注目すべきことである。これについては後述することになる。

7．天明八年（一七八八）正月晦日の未明五時頃、どんぐり橋近くの鴨川東宮川町団栗図子の空家（建仁寺町通四条下ル二丁目辺り）より出火した火は大火となった。「天明の大火」という。翌二月一日は一日中燃えつづけ、二月二日の明け方にようやく鎮火した。洛中、京都の中心部のほとんど全てを焼き尽くした大火で、応仁の乱以来といわれる大惨事であった。北は鞍馬口通、東は鴨川の東、南は七条通、西は千本通までが焼けた。

この天明の大火の再建、復興の特色は、平安朝古制を用いたことである。総奉行となった老中・松平定信は柴山栗山と裏松固禅を登用し、固禅の『大内裏考証』に基づいて、紫宸殿や清涼殿等の一部や飛香舎を、平安朝の古制に戻して復興、再建したのである。

参考までに書いておくが、京の町全体の大火事となったのは、次のようなものである。

京の町を襲ったふたつの大火

花の元禄期ともいえる十七世紀末、京都には伝統的な権威の象徴でもある京都御所と、武家の権力を示す二条城が置かれ、近世京都の形成がなされていた。

だが、十八世紀を迎えて、京都はふたつの大火による災害を被り、甚大な打撃を受けることとなった。「宝永の大火」および「天明の大火」である。


宝永の大火は一七〇八（宝永五）年三月、油小路通姉小路付近から出火し、二日間に渡って燃え続けた。

火は西南風に煽られ、延焼地域は東北部へと拡大し、最終的には東は鴨川、西は堀川、北は今出川南、南は四条までが被災地域となった。

「宝永五年炎上記」によると町数四一五町、家数一万百三十軒余、寺数五十ケ所、社頭十八ケ所、西道場十二ケ所、東道場二十三ケ所、土蔵火入六百七十余と記録されている。

さらに禁裏御所の焼失も余儀なくされ、七十八軒もの公家屋敷ほか、諸藩の武家屋敷も二十四軒焼失している。

宝永の大火よりちょうど八十年後に起きたもうひとつの大火が天明の大火である。応仁以来の大惨事をもたらし、京都史上、最大規模の大火ともいわれている。

「天明炎上記」「京都大火」「京都大火記録」などの記録も多く残され、当時は京都焼亡図や木板による大火記録も売り出されたばかりでなく、後にわらべ唄にもなったほどだ。

炎が上ったのは一七八八（天明八）年一月二十九日未明、鴨川東宮川町団栗図子の空家から出火した。火は鴨川の西岸へも飛び火し、やがて全市中へと燃え拡がった。

火消の人々の尽力ではもはやどうにもならず、火消たちは禁裏をはじめとする警固を担い、また亀山、高槻、郡山、膳所、淀、篠山などからかけつけた近国の大名もなす術なく、各所の警衛にあたるほかなかった。

焼失家屋は三万六千軒以上、洛中の戸数がおよそ四万軒であるから、実にほぼ九十パーセントが焼失したことになる。焼けた寺は二百一ケ所、神社は三十七にのぼっている。

また、この大火により御所も炎上を免れず、二条城や周辺の武家屋敷の焼失をも招いている。禁裏においては、宝永の大火の先例にならい、下鴨神社への避難の行幸が決まった。が、その後、御所が炎上したとの注進を受け、還幸が不可能となったことから再び聖護院へと行幸している。

天皇は仮御所を聖護院に置き、そこで避難の日々を過すこととなった。

あわせて仙洞御所は青蓮院、女院御所は修学院竹内宮御殿、女一宮は妙法院へと落ち着き、東西両町奉行はそれぞれ焼け残った北南両二条門番頭の屋敷に入って仮奉行所とした。

この天明の大火で死者についての正確は記録は残されていない。「大島家文書」では百五十人とされているが、「伊藤氏所蔵文書」では千八百人余と記されている。

なお、寺町清浄華院境内には、「焼亡横死百五十人之墓」と刻まれた天明大火の供養塔が建てられ、死者が祀られている。

念のために書いておくと「仙洞御所」とは上皇、法皇などが住まいされる所。
「女院御所」とは中宮以下女人が暮らす所である。
「仙洞御所」は寛文以後は再興されなかったから、今は庭園だけが残っている。

こんな大火事という災難に遭ったのに、これらを詠んだ歌は無い。
その頃の「和歌」は、今の短歌のように叙景、抒情などもリアリズムではないから、
身辺に起こることを詠むことはないのである。
その頃の和歌は「王朝和歌」とか「堂上和歌」とか呼ばれるが、雅を基本として、
「本歌」という過去の歌を引いて詠うのが常道である。
こういうのを「本歌取り」という。
今の短歌は、こういうのを剽窃として、つまり盗み取ってきたとして嫌うので、
時代的にひどく変わったものである。
その頃は、「本歌」を、いかに多く知っているかが教養として尊ばれたのであった。

「天子諸芸能のこと、第一御学問なり」

「禁中並公家諸法度」は、徳川家康が金地院崇伝に命じて起草させた。元和元年七月十七日（一六一五年九月九日）、二条城において大御所（前将軍）徳川家康、将軍（二代）徳川秀忠、前関白・二条昭実の三名の連署をもって公布された。漢文体、全十七条。江戸時代を通じて、一切改訂されなかった。

この法度の制定に先立ち、慶長十八年六月十六日（一六一三年八月二日）には、「公家衆法度」「勅許紫衣之法度」「大徳寺妙心寺等諸寺入院法度」を定めていたが、この法度によって、さらに天皇までを包含する基本方針を確立した。以後、この法度によって幕府は朝廷の行動を制約する法的根拠を得て、江戸時代の公武関係を規定するものとなった。

一六三一年（寛永八年）十一月十七日には当時の後水尾上皇主導で「若公家衆法度」が制定された。この制定には幕府は間接的な関与しか行わなかったが、青年公家の風紀の粛正を目的とし、朝廷行事の復興の促進とともに公家の統制を一層進める事となり、禁中並公家諸法度を補完するものとなった。

全文は十七条からなり、その内容は武家諸法度と異なり、幕末まで変わらなかった。

一条から十二条が天皇家および公家が厳守すべき諸規定、十三条以下が僧の官位についての諸規定となっている。

原本は万治四年一月十五日（一六六一年二月十四日）の御所火災で焼失し、その後副本を元にして復元された。


第一条に天皇の主務として次のように規定されている。

一、天子諸藝能之事、第一御學問也。不學則不明古道、而能政致太平者末之有也。貞觀政要明文也。寛平遺誡、雖不窮經史、可誦習群書治要云々。和歌自光孝天皇未絶、雖爲綺語、我國習俗也。不可棄置云々。所載禁秘抄御習學專要候事。

意味は「天皇の務めは芸能である、その中でも学問が第一である」として具体的に経史、『群書治要』といった漢籍を宇多天皇の遺誡を引いて勧めたあと、和歌の道こそ、天皇の最もたしなむべき道としている。

さらに『禁秘抄』（順徳天皇が著した禁中行事に関する書で、後世の有職の基準となった）をあげ、禁中の行事、有職の知識を学ぶように勧めた。

ここでいう芸能とは現在の芸能界とか芸能人というのとは異なり、いわば教養として心得るべき知識の総体を指す。

天皇が文化の面での最高権威であり、文化そのものの体現者たれ、とされたのである。

ここでも、先進文化として中国唐代の帝王学である『群書治要』が挙げられている。

後水尾天皇は、十代にあたる時期に熱心に漢学を学んでいた記録があるが省略する。

『日本書紀』なども学ばれた記録がある。

歴代天皇の中で、この法度の規定を最もよく体現した人と言えるだろう。

膨大な院の御歌の中から、今回は父君・後陽成院が元和三年に四十七歳で崩御されたときに作られた歌を引く。

九月の末つかた、思ひもあへず倚蘆《いろ》にうつろひしは、ただ夢のうちながら、覚むべきかたなき悲しさに、仏を念じ侍りけるついでに、諸法実相といふ事を思ひ出でて句の初めに置きて、つたなき言の葉をつづり、いささか愁嘆の思ひを述べ侍るならし

白雲のまがふばかりをかたみにて煙のするゑも見ぬぞ悲しき

よそへ見るたぐひもはかな槿《あさがほ》の花の中にもしをれやすきを

ほし侘ぬさらでも秋の露けきに涙しぐるる墨の袂は

うつつある物とはなしの夢の世にさらば覚むべき思ひともがな

知らざりきさらぬ別れのならひにもかかる嘆を昨日今日とは

つかふべき道だにあらばなぐさめん苫の雫を袖にかけても

さまざまにうつりかはるも憂き事は常なるものよあはれ世中《よのなか》

受け継ぎし身の愚さに何の道もすたれ行べき我世をぞ思ふ

前書きに書かれているように歌の頭に「諸法実相」という仏語を置いて作られている。「冠かぶり」という歌の作り方の手法である。

字句の解説をしておこう。

「倚蘆」とは天皇が父母の喪に服する仮屋。正殿の庇の板敷きを地上におろし、十三日間籠る。

「諸法実相」―宇宙間のすべての存在がそのまま真実の姿であること。

出典は「諸法実相者、謂実智所照、諸法実相境也、即是立章門」（法華義疏・序品）。

「ほし侘ぬ」―干しかねて困惑してしまう。

本歌「刈りて乾す山田の稲をほしわびて守る仮庵に幾世経ぬらん」（拾遺・雑秋・凡河内躬恒）

「知らざりき」―

本歌「つひに行く道とはかねて聞きしかど昨日今日とは思はさりしを」（古今・哀傷・在原業平）

「さらぬ別れ」―

本歌「世の中にさらぬ別れのなくもがな千代もとなげく人の子のため」（古今・雑上・在原業平）

解説としてはまだまだあるが、このくらいにしておく。こういうのを「本歌取り」という。

それにしても、この年、後水尾天皇わずか二十一歳である。

中院通村の添削があったとしても、お見事なものである。後年の「およつ」離別のことを知ると哀れを覚える気になるものである。

お上は慶長十六年（一六一一）四月十二日に即位された。

天皇は十六歳、父の後陽成上皇四十三歳である。

詳しくは『修学院幻視』で詳しく書いたが、お上は「およつ」を可愛がられた。

やがて、およつは第一皇子・賀茂宮を元和四年（一六一八）に出産する。

このとき　お上は二十三歳である。そして翌年に第一皇女・梅宮のちの文智女王を産む。

その頃、徳川家光の娘・和子との婚儀の話が出るが、およつの存在が知れて大悶着となる。

「およつ」の生んだ第一皇子・賀茂宮は四歳で一六二二年に歿し、第一皇女・梅宮・文智女王は、十三歳で鷹司教平に嫁したが、三年足らずで離縁。

およつの死後は和子が育て、後水尾帝も可愛がったので「円照寺」住持として傍に置いていた。

年表的には、こうなる。

元和六年（一六二〇）徳川和子入内。元和九年（一六二三）十一月十九日、和子が女一宮・興子内親王のちの明正天皇を産む。

儲君とは?

後水尾院については、近衛家に伝わる『陽明文庫』の資料や禁裏の近くに居た僧侶の日記など、資料が多いと言えるだろう。

これは私の詩であって、論文ではないので、なるだけ平易にしたいのだが、説明しないと分かりにくくなるので、最低限にして資料を引きたい。

それらの資料を読んでいると「儲君《ちょくん》」という今では聴き慣れない単語が出て来る。

これは、元はと言えば中国古代の漢代に発する制度だということである。

儲君＝皇太子と考えていいのだが、どっこい複雑である。

皇太子は、必ずしも在位中の天皇の長男を指すとは限らない。

歴史的に皇位は、長幼の序を重んじつつ、本人の能力や外戚の勢力を考慮して決定され、長男であれば必ず皇太子になれるとは限らなかった。

それゆえ、皇位継承順位が明文化される以前には、皇太子は立太子された当今の子という意味を持つに過ぎない。

また、南北朝時代から江戸時代中期にかけては、次期皇位継承者が決定されている場合であっても、「皇太子」にならないこともあった。

これは、当時の皇室の財政難などにより、立太子礼が行えなかったためである。

通例であれば、次期皇位継承者が決定されると同時に、もしくは日を改めて速やかに立太子礼が開かれ、次期皇位継承者は皇太子になる。

しかし、立太子礼を経ない場合には、「皇太子」ではなく、「儲君」（もうけのきみ）と呼ばれた。

南北朝時代において、南朝では最後まで曲がりなりにも立太子礼が行われてきたとされている。

これに対して、北朝においては、後光厳天皇から南北朝合一を遂げた遥か後の霊元天皇に至るまで、三〇〇年以上に亘って立太子を経ない儲君が皇位に就いている。

因みに、今の皇統は「北朝」の系統である。　まさに、後水尾院の頃の時代のことである。

先に書いたように、天皇が多くの「後宮」の女と交わり、多くの子を成した場合には、生母の間の勢力争いとか、天皇の好き嫌いで「儲君」になれたり、なれなかったりした。

後水尾院の場合も父君である後陽成天皇に好かれていなくて、皇弟の後の八条宮に継がせたかったらしいが、徳川幕府の意向で即位されたという経緯がある。

この不仲は後陽成天皇が死ぬまで、ずっと続いたという。

禁裏には、とにかく金が無かった。今風に言えば財政不如意ということである。

世は室町時代に続く戦国時代の後であり、禁裏の権威など、有って無いような時代だった。

御所を取り巻く「築地塀」はあちこち崩れ、盗賊が横行し、禁裏から火事を出したり、町屋からの出火で延焼したりした。それらについては先に書いた。

後水尾院が徳川秀忠の娘・和子を女御に迎えるにあたっては、「およつ御寮人」との間に二人の子が居た、ということで悶着があったが、
結果的には、この縁組によって禁裏には一万石の加増があり、また和子女御には別に一万石の化粧料が持参金として支給されるなど、禁裏の財政は大いに潤った。
私の村の旧家に残る資料には「禁裏御料」の田という名前が出てくる。

また、禁裏と幕府の間を取り持っていたのは「京都所司代」だが、初代と二代は板倉勝重父子だが、私の村には今でも「板倉」という田の地名が存在する。

後水尾院は即位から娘・明正天皇に譲位する頃までは、幕府のやり口に憤懣やるかたない様子であったが、生母・中和門院のとりなしなどもあって、次第に幕府には金を出させて、自らは、幕府の言い種ではないが、学問、書、絵、和歌などに興味を集中されたのだった。

とにかく禁裏には金が無かった。院の執着された修学院山荘の修築なども、和子女御のちに中宮となるが、その縁からの幕府の出費がなければ出来なかった。


ここで**板倉 勝重**について少し引いておく。

安土桃山時代から江戸時代の大名。江戸町奉行、京都所司代。板倉家宗家初代。板倉好重の次男。母は本多光次の娘。子に板倉重宗、板倉重昌ら。

史料では官位を冠した板倉伊賀守の名で多く残っている。

優れた手腕と柔軟な判断で多くの事件、訴訟を裁定し、敗訴した者すら納得させるほどの理に適った妥当な裁きを見せ、大岡忠相が登場するまでは、名奉行と言えば誰もが板倉勝重を連想した。


三河国額田郡小美村（現在の愛知県岡崎市）に生まれる。幼少時に出家して浄土真宗の永安寺の僧となった。

ところが永禄四年（一五六一年）に父の好重が深溝松平好景に仕えて善明提の戦いで戦死、さらに家督を継いだ弟の定重も天正九年（一五八一年）に高天神城の戦いで戦死したため、徳川家康の命で家督を相続した。

その後は主に施政面に従事し、天正十四年（一五八六年）には家康が浜松より駿府へ移った際には駿府町奉行、同十八年（一五九〇年）に家康が関東へ移封されると、武蔵国新座郡・豊島郡で一〇〇〇石を給され、関東代官、江戸町奉行となる。関ヶ原の戦い後の慶長六年（一六〇一年）、三河国三郡に六六〇〇石を与えられるとともに京都町奉行（後の京都所司代）に任命され、京都の治安維持と朝廷の掌握、さらに大坂城の豊臣家の監視に当たった。なお、勝重が徳川家光の乳母を公募し春日局が公募に参加したという説がある。

慶長八年（一六〇三年）、徳川家康が征夷大将軍に就任して江戸幕府を開いた際に従五位下・伊賀守に叙任され、同十四年（一六〇九年）には近江・山城に領地を加増され一万六六〇〇石余を知行、大名に列している。

同年の猪熊事件では京都所司代として後陽成天皇と家康の意見調整を図って処分を決め、朝廷統制を強化した。

慶長十九年（一六一四年）からの大坂の陣の発端となった方広寺鐘銘事件では本多正純らと共に強硬策を上奏。

大坂の陣後に江戸幕府が禁中並公家諸法度を施行すると、朝廷がその実施を怠りなく行うよう指導と監視に当たった。

元和六年（一六二〇年）、長男・重宗に京都所司代の職を譲った。寛永元年（一六二四年）に死去、享年七九。

とかく幕府の代弁者として悪者に描かれるが、後水尾院が一番信頼していたのが、彼だと言い、院の「宸筆」の書や絵を賜ったりしている。

上に引いた資料の中にも、「近江・山城に領地を加増され一万六六〇〇石余を知行、大名に列している」とあるから、私の村に板倉の地名が残るのも頷ける。

とにかく、色々の曲折を経て、後水尾院は江戸時代を通して、学問、有職故実、和歌の道の第一人者として君臨された。

公生活においても、上皇、法皇として五代にわたって「院政」を布かれ、八十五年に及ぶ生涯を以て、一時代を築かれた。

ここで**晩年のお歌　「二十首」―延宝五ノ比《ころ》　御年八十二**

　　春暁月
梅が香の夢さそひきて暁はあはれさも添ふ月を見よとや

　　独見花
我のみは花の錦も暗部山まだ見ぬ人に手折る一枝

　　風前花
あひ思ふ道とも見えず風のうへにありか定めず花は塵の身

　　惜残春
花鳥に又逢ひみんもたのみなき名残つきせぬ老が世の春

　　款冬露
言に出でて思ひなぐさめ山吹の言はぬ色しも露けかるらん

雨後郭公
心あれや雨より後の一声はものにまぎれず聞く郭公《ほととぎす》

樹陰避暑
秋とひそ岩根の清水流れいでて木陰に夏の日を暮しつつ

荻風告秋
荻の声ひとりさやけし鳴く虫もおのがさまざま秋を告ぐれど

山川
うらみじな山の端しらぬ武蔵野は草にかくるる月も社《こそ》あれ

月前雲
もれいでて今ひとときはの光そふ雲にぞ月は見るべかりける

栽菊
知らずたれ秋なき時と契おきて植ゑし砌《みぎり》の花の白菊

寒衣
思ひやる旅寝の夢もかよふらしうつや砧の音も寒けき

冬暁月

冴ゆる夜の澄む月ながら影白く暁ふかき雪にまがひて

落葉

朝日にもそむるばかりに夜半の霜解《とけ》わたりたる落葉色こき

寄月恋

見るたびにその世の事ぞ思はるる月ぞ忘れぬ形見ながらも

寄雲恋

憂しやただ人の心も白雲のへだてぬ中と思はましかば

寄雨恋

我袖の涙くらべば秋ふかく時雨る木々も色はまさらじ

寄風恋

心あらばうはの空なる風だにも此ひと筆を吹も伝へよ

海路

知る知らずここぞ泊りと漕寄せて語ひなるる船の路哉

釈迦

散りうせじただ我ひとりとばかりも説きし言葉の花の匂ひは

仮名遣いが今のように統一されていないので読みにくいが、了承されたい。
死の三年前ということだが、達者なものである。まだまだ紹介する御歌は多い。

後水尾院の側近　中院通村の歌

中院通村《なかのいんみちむら》　天正十六～承応二（一五八八～一六五三）　号：後十輪院
通勝の子。母は細川幽斎の娘。
後水尾天皇の側近として働く。右近中将などを経て、慶長十九年（一六一四）、参議に就任。元和三年（一六一七）、正三位・権中納言。同六年（一六二〇）、従二位。同九年（一六二三）、武家伝奏（武家に対して朝廷の窓口となる役職）となる。寛永六年（一六二九）、権大納言。同年、後水尾天皇が譲位すると、翌年、右大臣二条康道とともに謀議に参与し罪を得、武家伝奏を免ぜられて江戸寛永寺に幽閉された。寛永八年（一六三一）、正二位。同十二年（一六三五）、天海和尚の訴えにより赦され、京に戻る。正保四年（一六四七）七月、内大臣に任ぜられたが、同年十月辞任した。承応二年（一六五三）二月二十九日、六十六歳で薨去。

古今伝授を受けた歌人として評価が高く、天皇御製の添削を命じられたほどであった。

家集『後十輪院内府詠藻』には、一六〇〇余首が収められる。

また、父・通勝の源氏学を継承し、天皇や中和門院などに対してしばしば『源氏物語』の進講を行っている。

世尊寺流の能書家としても著名で、絵画などにも造詣を見せるなど、舅の細川幽斎に劣らぬ教養人であった。日記に『中院通村日記』がある。

将軍家光に古今伝授を所望されて断ったという逸話がある。

後水尾院への奏覧本と推測されている家集『後十輪院内府集』（『後十輪院内大臣詠草』『内府詠藻』とも。

続々群書類従十四輯・新編国歌大観九所収）に千六百余首を残す。

以下には『後十輪院内府集』より十首、『新明題和歌集』より一首を抄出した。　春四首　夏一首　冬一首　雑五首　計十一首

春

元日雨降りければ

ひと夜あけて四方の草木のめもはるにうるふ時しる雨の長閑《のどけ》さ　（後十輪院内府集）

【通釈】大晦日から一夜明けて、周囲の草木の芽も張る春となって、潤う時を知る雨が降る——その雨ののどかなことよ。

【補記】雨が降った正月元日の作。「めもはる」は「目も張る」と「春」を言いかけている。

【参考歌】紀貫之「古今集」
霞たちこのめも春の雪ふれば花なき里も花ぞちりける

遠山如画図

色どらぬただ一筆の墨がきを都の遠《をち》にかすむ峰かな　（後十輪院内府集）

【通釈】彩色をほどこさない、たった一筆の墨で描いたかのように、都の遠くに霞む峰であるよ。

【参考歌】後柏原院「柏玉集」

墨がきのただ一筆の外なれや雨おつるえをわたる白さぎ

簷梅

春の夜のみじかき軒端あけ初《そ》めて梅が香しろき窓の朝風　（後十輪院内府集）

【通釈】春の短か夜が軒端に明け始めて、梅の香が白々と感じられる、窓辺を吹く朝風よ。

【補記】結句「園の朝風」とする本も。

【参考歌】徽安門院「光厳院三十六番歌合」

吹き乱し止みがたになる春雨のしづくもさむき窓の朝風

静見花

朝露もこぼさで匂ふ花の上は心おくべき春風もなし　（後十輪院内府集）

【通釈】朝露もこぼさずに美しく映えている桜の花の上には、気にかけるような春風も吹いていない。

【補記】『新明題和歌集』では上句「朝露にそのまま匂ふ花の上は」。

【参考歌】肖柏「春夢草」

こころだに花にみださじ露ばかり梢うごかす春風もなし

夏

夏旅

あつからぬ程とぞいそぐのる駒のあゆみの塵も雨のしめりに　（新明題和歌集）

【通釈】まだ暑くない内にと急ぐのだ。乗っている馬の歩みが起こす塵も、雨の湿りに鎮まって。

【補記】『新明題和歌集』は宝永七年（一七一〇）刊、当代の宮廷歌人の作を集めた類題歌集。編者は不明。

【参考歌】藤原定家「拾遺愚草」「玉葉集」

ゆきなやむ牛のあゆみにたつ塵の風さへあつき夏のをぐるま

冬

落葉

山風にきほふ木の葉のあとにまたおのれと落つる音ぞさびしき　（後十輪院内府集）

【通釈】山風と争って落ちた木の葉のあとで、その上にまた自然に落葉する音が寂しいことである。

【補記】山風がやんだ静けさの中、ひとりでに落ちる葉の音に、ひとしおの寂寥を感じている。元和四年（一六一八）閏三月の当座詠。

【参考歌】後伏見院「風雅集」
をかのべやさむき朝日のさしそめておのれとおつる松のしら雪

雑

旅友　公宴聖廟御法楽

たれとなく草の枕をかりそめに行きあふ人も旅は親しき　（後十輪院内府集）

【通釈】誰となく、かりそめに行き遭う人でも、旅する時は親しく感じられる。

【補記】第二句「草の枕を」は、野宿するとき草を刈って枕にしたことから「刈り」と同音を持つ「かりそめに」を導く枕詞として用いる。言うまでもなく旅と縁のある語句でもある。

薄暮雲

暮れにけり山より遠《をち》の夕日かげ雲にうつりし跡の光も（後十輪院内府集）

【通釈】昏くなってしまった。山の彼方の夕日が雲に映じていた――そのなごりの光も。

【補記】元和年間の月次歌会での作。

暁鐘

初瀬山をのへのあらし音さえて霜夜にかへる暁の鐘（後十輪院内府集）

【通釈】初瀬山の峰の上から吹く嵐の音が冷たく冴えて、鳴り響く暁の鐘も霜夜へ逆戻りしたかのように寒々と聞こえる。

【語釈】◇初瀬山　奈良県桜井市。長谷観音のある山。泊瀬山とも。山寺の鐘が好んで歌に詠まれた。

【補記】元和三年（一六一七）二月二十二日、摂津の水無瀬宮での法楽（法会のあと、詩歌を誦するなどして本尊を供養すること）における作。第三句「春さえて」とする本もある。

【参考】「山海経」
豊嶺に九鐘有り、秋霜降れば則ち鐘鳴る

庭苔

まれにとひし人の跡さへ庭の面はいくへの苔の下にもれて　（後十輪院内府集）

【通釈】稀に訪れた人の足跡さえ見えず、いま庭の地面は幾重の苔の下に埋もれている。

【補記】元和三年（一六一七）の作。

懐旧

我が身には何ばかりなる思ひ出のありとてしのぶ昔なるらん　（後十輪院内府集）

【通釈】我が身にはどれほどの思い出があるというので、かくまで昔を思慕するのだろうか。

【補記】元和五年（一六一九）の月次歌会での作。作者三十二歳。

【参考歌】源通忠「続拾遺集」
橘のにほふ五月の郭公いかにしのぶる昔なるらん

王朝和歌あるいは堂上和歌と呼ばれる、この頃の歌は、今の短歌のような叙景、抒情もリアリズムではなく、「本歌」と呼ばれる昔の歌を引き添えて詠む手法である。上の解説で「参考歌」などとして書かれている歌を下敷きにして作られている。

上記の中にもある中院通村が「武家伝奏を免ぜられて江戸寛永寺に幽閉された」時に後水尾院が詠んだ歌を見つけたので、以下に披露する。

八月中旬の比《ころ》、中院大納言　武家の勘当の事ありて武州にある比、つかはさる

思ふより月日経にけり一日だに見ぬは多くの秋にやはあらぬ

秋風に袂の露も故郷をしのぶもぢずり乱れてや思ふ

いかに又秋の夕をながむらん憂きは数そふ旅の宿りに

見る人の心の秋に武蔵野も姥捨山の月や澄むらん

何事もみなよくなりぬとばかりを此秋風にはやも告こせ

信頼していた通村を気遣う院の気持ちが、よく出ている。

渋川春海のこと

朝廷から「暦」の事業を拝命しているのは、陰陽師統括たる土御門《つちみかど》家であった。

官許、独占である。当主は土御門泰福《やすとみ》である。

「暦」は生活のすべてを司っていた。その暦を発行しているのは朝廷＝帝なのであった。


渋川春海が、暦に係わるようになるのは、ずっと先のことである。

安井算哲は、先ず「碁打ち」から始まる。

碁打ち衆として登城を許されたのは、安井、本因坊、林、井上の四家のみである。

碁打ち衆のあり方は、かつて織田信長、豊臣秀吉、徳川家康の三人の覇者に碁をもって仕えた「本因坊算砂」に始まる。

算砂は、信長から名人と称えられてその初めとなり、秀吉から「碁所《ごどころ》」および将棋所に任じられた。

そして本因坊算砂の背景には日蓮宗の存在があったことから、家康は城の碁打ちや将棋指しを寺社奉行の管轄とした。

だから碁打ちたちが頭を丸めて僧形であるのは、その理由による。

だが安井算哲＝渋川春海は僧形ではなかった。

「渋川春海」と名乗るようになる経緯は次のような理由による。

碁打ちである安井家は一時、河内国の渋川郡に知行地を得ていたことがあり、その上に、

雁鳴きて菊の花咲く秋はあれど春の海べにすみよしの浜

この歌は『伊勢物語』（六十八段）に

むかし男 和泉の国へ行きけり　住吉の郡 住吉の里
住吉の浜をゆくに いとおもしろければ おりゐつつゆく
或る人「住吉の浜をよめ」といふ

雁鳴きて菊の花さく秋はあれど春の海辺に住吉の浜

とよめりければ みな人々よまずなりにけり

昔男が和泉の国へ行った　住吉の郡 住吉の里 住吉の浜を
行くととても趣深かったので馬から降りて腰を下ろし
風景を楽しみながら行った　或る人が「住吉の浜を下の最後
の句に使って歌を詠め」と言った　そこで男は

雁が鳴いて菊の花が咲く秋もよいものだがやがては飽きて
しまふでせう　それに比べ この住吉の浜の春の海辺は この
憂き世で長く住み良い浜と思はれます

と詠んだので この歌に感銘して 他の人々は もうそれ以上詠おうとはしなかった

という逸話に拠っている。

住吉の浜 = 住み良しの浜 を掛けている
春と秋 の対比　　飽きと憂み の対比
秋には飽き を掛けている
海には憂み を掛けている

実は、渋川春海としてではなく「碁打ち」として後水尾院にお逢いしている記録が残っている。院が碁を好まれたかどうかは分からない。　恐らく将軍御前碁の話などを板倉あたりから聞かれて、お召しになったのか。


貞享元年十月二十九日。大統暦改暦の詔が発布されてから七か月のその日。

霊元天皇は、大和暦採用の詔を発布された。これにより大和暦は改めて年号を冠し「貞享暦」の勅命を賜り、翌年から施行されることが決まった。

この大和暦を学理と天測によって開発したのは、渋川春海であった。朝廷の暦司どりの仕来りを知った上での巧みな采配であった。

土御門家の面目も立て、自分は一旦うしろに引いての「改暦」だった。

以後、渋川春海は、幕府の「天文方」として、また暦の専門家として君臨した。

霊元天皇は、院と新広義門院との間に生まれた皇子であり寛文三年に即位されている。

享保十七年（一七三二）七十九歳で崩御された。長寿であった。

因みに、今でも全国神社の総元締めである神社本庁が発行する暦には「土御門」家の名前が書いてある。その謂れは以下のようである。

天社土御門神道《てんしゃつちみかどしんとう》は、福井県おおい町（旧名田庄村地区）に本庁を置く神道・陰陽道の流派。天文学・暦学を受け継いだ安倍氏の嫡流が、後に天皇より「土御門」と言う称号を賜い、以後は土御門家を称する堂上家として仕えた。室町中期から戦国期にかけては、都の戦乱を避け、数代にわたり、所領のある若狭国に移住していた。

戦乱の終息後、都に戻ったが、秀次事件に連座し、豊臣秀吉の怒りを買い、またしても、都を追われる事になってしまい、宮廷陰陽道は一時終息する。しかし、関ヶ原の戦いが終わり豊臣家が衰退すると、土御門久脩《つちみかどひさなが》は、徳川氏に「陰陽道宗家」として認められ、慶長五年（一六〇〇年）には宮廷出仕を再開する事になった。また慶長八年には、家康の征夷大将軍任命式を行っている。

土御門久脩の後、泰重・泰広と続き、その後の泰福が陰陽頭になった時（天和三年五月（一六八三年））諸国の陰陽道の支配を土御門家に仰せ付ける旨の「霊元天皇綸旨」が下された。同時に、徳川綱吉の朱印状によっても認められ、土御門は全国の陰陽師の統括と、造暦の権利を掌握することになった。山崎闇斎の影響を受けた泰福は陰陽道に垂加神道を取り入れて独自の神道理論を打ち立てた。一般的にはこれが「土御門神道」の開始と言われている。

土御門家の陰陽道組織化は、幕末には全国に広まったが、明治維新後の明治三年（一八七〇年）に陰陽寮が廃止され、太政官から土御門に対して、天文学・暦学の事は、以後大学寮の管轄になると言い渡しを受ける。それによって陰陽師の身分もなくなる事になり、陰陽師たちは庇護を失い転職するか、独自の宗教活動をするようになった。そうして民間の習俗・信仰と習合しつつ陰陽道は生活に溶け込んでいったのである。

安家神道（土御門神道）は、そうした状況の中で古神道などの影響を受けながら、かつての関係者の手によって守られた、現代の陰陽道である。現在は、かつての土御門家の領地であった福井県おおい町（旧名田庄村地区）に日本一社陰陽道宗家「土御門神道本庁」が置かれている。

一絲文守のこと他　立花と庭園

一絲文守《いつしぶんしゅ》は後水尾院に寵愛された僧である。

院は政治的、権力的な繋がりの人物よりも、こういう文人肌の人を好まれた。

院は弟の近衛信尋の仲介によって、彼に出会った。

ただ若くして早逝したので、長命の院と違って、エピソードには乏しいが、いかに寵愛されたのかが判るのが、死後三十年も経たのちに「仏頂国師」の号を贈っている。

以下、彼の履歴を引いておく。


一絲文守（一六〇八〜一六四六年）　江戸時代前期の僧。

慶長十三年生まれ。臨済宗。はじめ堺の南宗寺の沢庵宗彭に師事し、のち京都妙心寺の愚堂東寔《とうしょく》の法をつぐ。

後水尾上皇の帰依をうけ寛永十八年丹波亀岡に法常寺をひらいた。

彼は、生涯を一貫して、幕府の権勢におもねる禅宗界の趨勢を嫌い、栄利を求めず孤高にして気韻ある隠者の禅をめざした。

この彼の禅の高潔さは、かえって後水尾上皇の知遇をえる契機となり、東福門院、皇女梅宮、近衛信尋、烏丸光広など上皇側近の宮廷貴族があいついで彼に帰依した。

詩文や書画にすぐれ、茶の湯にも通じ、小堀遠州、松花堂昭乗らと交遊した。

正保三年三月十九日死去。三十九歳。岩倉公家の出。諡号は定慧明光仏頂国師。別号に桐江、丹山。

亀岡の法常寺のほかに、永源寺の再興に尽した。

永源寺）は、滋賀県東近江市にある臨済宗永源寺派の本山。山号は瑞石山。

紅葉の美しさで知られる。開山忌が、毎年十月月一日に行われる。

寺は一三六一年創建。開山は寂室元光（正灯国師）、開基は佐々木氏頼（六角氏頼）。

中世戦乱期に兵火により衰微したが、江戸時代初期に中興の祖とされる一絲文守（仏頂国師）が住山し、後水尾天皇や東福門院、彦根藩の帰依を受けて、伽藍が再興された。

一八七三年に明治政府の政策により東福寺派に属したが、一八八〇年に永源寺派として独立した。

三重県いなべ市に永源寺跡 があるが、鈴鹿山脈を挟んですぐ東側の三重県いなべ市にも永源寺の一部があったと言われている。

三重県いなべ市の伝承では、永禄年間（一五五八年～一五七〇年）織田信長家臣である滝川一益の軍勢が、北伊勢地方の寺を焼き払いながら迫って来たため、三重県側の永源寺の僧は兵火を逃れるため、寺の宝物などを持ち一夜にして竜ヶ岳の南側にある鈴鹿山脈の石榑峠を越えて、近江の永源寺へ逃れたとされているが、永源寺側の記録には一切触れられていない。

三重県いなべ市の永源寺の建物は滝川一益の軍勢によって焼き払われたが、水田周辺に石垣の一部が残されている。

本尊は世継観世音菩薩。

寺内には彦根藩主井伊直興公の墓所がある。

旧永源寺町は、永源寺コンニャクや政所茶の産地であり、木地師発祥の地として知られる。

また付近からは平成二十二年に国内最古級・一万三千年前の土偶が発掘された。

後水尾院とその周辺の「文事」が栄えた理由としては、幕府との軋轢によって政治の舞台から追いやられ『禁中並公家諸法度』に従って文事に専念せざるを得なかったことが幸いした。

それだけではなく、後水尾院が本来持っていた文学的志向、大局を見渡せる能力、根底にある大らかな性格なども重要な要素として働いただろう。

「和歌」を中心とした文学活動についてはいままでいくつか述べてきたので、ここでは立花と庭園について述べる。

「立花」は、譲位後の後水尾院が和歌と並んで最も情熱を注いだ遊芸である。いわゆる禁中大立花（寛永立花）においては、二代池坊専好が後水尾院の庇護のもと指導的役割を果たしている。

今日、立花を高度の芸術として大成させたのは専好とされるが、日本花道史の側からみても後水尾院は最大のパトロンの一人であった。

近衛家熙が記した『槐記』の享保十三年（一七二八）二月四日の条には、立花に才能を発揮していた尭然法親王（獅子吼院。後水尾院第十皇子）に対して後水尾院が、自分の歯が悪くなったのは立花のためであるから、ほどほどにせよと忠告したという逸話が載っている（一般に、物事に凝ると歯が抜けると言われる）。もっとも、この話には落ちがあって、法親王は、後水尾院の歯が抜けたのは立花のせいではなくて和歌のせいだと言って笑ったという。

「庭園」は、もちろん修学院山荘のことである。

寛永十八年（一六四一）頃鹿苑寺の鳳林承章に命じて衣笠山付近に適地を求めさせるなど検討を続けていたが、明暦元年（一六五五）長谷への行幸の途次、第一皇女梅宮（文智女王）のいた円照寺に後水尾院が立ち寄ったところ、その一帯が気に入り、ここに山荘を造する構想が成ったらしい。

万治三年（一六六〇）頃には、ほぼ完成していた。

現在では、上・中・下の茶屋が存するが、万治にできた当時はまだ中の茶屋はなかった。上の茶屋は最も壮大な庭園で、小高い隣雲亭に立って、眼下の浴竜池から遥か京都北山一帯へと目を移していくと、雄大な景色を我が物にしようとした帝王ぶりを味わうことができる。

八条宮智仁親王添削歌

後水尾院が若い頃に、父君の弟つまり叔父の八条宮智仁親王から「古今伝授」を受けられたことが記録に残っている。

和歌を作るに際しても自作の歌の「添削」をお受けになっている。記録から、その一端を引いておく。

先が院の元歌。次が添削済みの完成した、「御集」に載る御歌である。カッコ内は御集の歌番号。

■ふるほどは庭にかすみし春雨をはるる軒端の雫にぞしる

降るとなく庭に霞める春雨も軒端をつたふ雫にぞ知る（一一七四）

■みる度にみし色香ともおもほえず代々にふりせぬ春の花哉

見る度に見しを忘るる色香にて代々にふりせぬ春の花哉（一一七六）

■郭公まつにいく夜をかさねても聞にかひある初音ならずや

郭公待つ夜をあまた重ねても聞くにかひある初音ならずや（一一七九）

■夕月夜ふり出しより在明のかげまでもらぬ五月雨の空

夕月夜ふり出《いで》しままに在明のかげまでもらぬ五月雨の空（一一八〇）

■此里はくもりしはてず一むらの雲もとをちの夕立の空

此里にめぐりはやらで一むらの雲もとをちの夕立の空（一一八四）

■たちぬるるしづくもあかず片岡や秋まつほどの森の涼しさ

立ち濡るるしづくもあかぬ片岡は秋待ちあへず森の涼しさ（一一八七）

■四方にみな人はこゑせで更るよの月ぞ心もさらにすみゆく

四方にみな人は声せで更る夜ぞ月も心もさらに澄みゆく（一一九四）

■山川やもみぢ葉ながらとぢはてし氷もかくる水のしら波

山川やもみぢ葉ながらとぢはてし氷にかはる風の白波（一二〇一）

■越路にはただ時の間に日数ふるみやこの雪のふかさをやみむ

日数ふる都の雪の深さをや時の間に見る越路なるらん（一二〇二）

■をのが妻まつはつらくも大よどの恨わびてや千鳥鳴覧

おのが妻待つはつらしと大淀の恨わびてや千鳥鳴覧（一二〇四）

■夕波に立行千鳥風をいたみ思はぬかたに浦つたふらん

友千鳥立ち行く須磨の風をいたみ思はぬかたに浦づたふらん（一二〇五）

■笛の音もかぐらの庭のおもしろくさゆる霜夜にすみのぼる覧

笛の音も神楽の庭のおもしろく冴ゆる霜夜に澄みのぼりぬる（一二〇六）

■いかになを人は見るらん世のうきにいひまぎらはす袖の涙も

よそめにはいかに見るらん世の憂きに言ひ紛らはす袖の涙も（一二〇八）

■ふけぬとや猶や待みん宵のまはさすがえさらぬさはりもぞある

更けぬとや猶ぞ待みん宵のまはさすがえさらぬ障りありやと（一二一二）

■此ままに又もあはずは中々にありし一夜の夢ぞくやしき

又も逢はむ頼みなければ中々にありし一夜の夢ぞくやしき（一二一五）

■もらさじなそれにつけてもつらからば中々ふかき恨もぞそふ

もらさじなそれにつけてもつらからば深からん中の恨もぞそふ（一二一七）

こうして見て来ると、八条宮の添削が、極めて的確であるのが判る。しかも添削に当たっては、なるべく後水尾院の元歌の語句を残して巧く直してある。

八条宮の添削のうち、記録に残っているのは六十首ほどである。

因みに、この八条宮こそ今の桂離宮――その頃は「桂山荘」と称された建物と庭園を造られた人であり、後水尾院の父君・後陽成帝が譲位を望まれた、その人である。

幕府は後水尾院に譲位を迫る。そんな因縁のまつわるお二人であった。

院が幕府の紫衣事件などに憤慨して娘の明正天皇に、幕府の承認もなく突然「譲位」された同じ年――寛永六年（一六二九）八条宮智仁親王歿。**このとき後水尾院三十四歳である。**

徳川家光公薨去に遣わされた歌

徳川第三代将軍・徳川家光は慶安四年（一六五一）四月二十日に亡くなった。享年四十八歳。院の中宮・東福門院和子は秀忠の娘で、家光の妹である。

将軍家光公薨去の時、女院御方へつかはさる

あかなくにまだき卯月のはつかにも雲隠れにし影をしぞ思ふ
いとどしく世はかきくれぬ五月やみ降るや涙の雨にまさりて
時鳥宿に通ふもかひなくてあはれなき人のことつてもなし
たのもしな猶後の世も目の前に見ることわりを人に思へば
ただ頼め蔭いや高く若竹の世々のみどりは色もかはらじ

「あかなくに」まだ飽き足りないのに。「まだき」早くも。「はつか」二十日と「はつか」＝僅か、との掛詞。

「雲隠れにし」月が雲が隠れることを薨去の意味を重ねる。
「いとどしく」いよいよ。「かきくれぬ」悲しみで心が暗くなってしまった。「五月やみ」＝五月闇。
これも薨去に掛けてある。
三番目の歌の本歌は
「亡き人の宿に通はば時鳥かけて音にのみ泣くと告げなむ」(古今・哀傷・読人不知)
「山賎の垣ほに這へる青つづら人はくれども言伝もなし」(古今・恋四・寵)
五番目の歌「蔭」＝家光のこと。「世々」竹の縁語「節よ」を利かせる。「若竹」は次世代の喩え。
「女院御方」とは、もちろん中宮・和子のことである。

ここで、徳川家に関連するものとして、次のように引いておく。

東照権現十三回忌につかはさるる心経の包み紙に

ほととぎす鳴くは昔のとばかりやけふの御法《みのり》を空にそふらし

梓弓八島の浪を治めおきて今はたおなじ世を守るらし

寛永五年四月十六日に「東照権現十三回忌二十八品和歌」が成った。

ほととぎすも家康を追慕して鳴くだろう、という歌。

次の歌の「梓弓」は枕詞で、この歌の場合「八島」の「八」に「矢」の意が利いて、それに掛かる。

「今はたおなじ」は本歌があり、

本歌「わびぬれば今はた同じ難波なる身をつくしても逢はんとぞ思ふ」（後撰・恋五・元良親王）

柏の葉のかたしたる石を将軍家光公につかはさるとて

色にこそあらはれずとも玉柏かふるにあかぬ心とは見よ

幕府とは、さまざまの争いの経緯があったのだが、禁裏を維持する金は、すべて徳川幕府に依存しているのである。

また中宮・和子との縁は断ち切れないので、時の経過とともに、徳川家に、院も心を許すようになられたのであろう。

紫衣事件

紫衣事件《しえじけん》は、江戸時代初期における、江戸幕府の朝廷に対する圧迫と統制を示す朝幕間の対立事件。江戸時代初期における朝幕関係上、最大の不和確執とされる。後水尾天皇はこの事件をきっかけに幕府に何の相談もなく退位を決意したとも考えられており、朝幕関係に深刻な打撃を与える大きな対立であった。

紫衣とは、紫色の法衣や袈裟をいい、古くから宗派を問わず高徳の僧・尼が朝廷から賜った。僧・尼の尊さを表す物であると同時に、朝廷にとっては収入源の一つでもあった。

慶長十八年（一六一三）、幕府は、寺院・僧侶の圧迫および朝廷と宗教界の関係相対化を図って、「勅許紫衣竝に山城大徳寺妙心寺等諸寺入院の法度」を定め、さらにその二年後には禁中並公家諸法度を定めて、朝廷がみだりに紫衣や上人号を授けることを禁じた。

一、紫衣の寺住持職、先規希有の事也。近年猥りに勅許の事、且つは臈次を乱し、且つは官寺を汚し、甚だ然るべからず。

向後に於ては、其の器用を撰び、戒臈相積み智者の聞へ有らば、入院の儀申し沙汰有るべき事。

（禁中並公家諸法度・第十六条）

事件の概要

このように、幕府が紫衣の授与を規制したにもかかわらず、後水尾天皇は従来の慣例通り、幕府に諮らず十数人の僧侶に紫衣着用の勅許を与えた。

これを知った幕府（三代将軍・徳川家光）は、寛永四年（一六二七）、事前に勅許の相談がなかったことを法度違反とみなして多くの勅許状の無効を宣言し、

京都所司代・板倉重宗に法度違反の紫衣を取り上げるよう命じた。

幕府の強硬な態度に対して朝廷は、これまでに授与した紫衣着用の勅許を無効にすることに強く反対し、

また、大徳寺住職・沢庵宗彭や、妙心寺の東源慧等ら大寺の高僧も、朝廷に同調して幕府に抗弁書を提出した。

寛永六年（一六二九）、幕府は、沢庵ら幕府に反抗した高僧を出羽国や陸奥国への流罪に処した。

この事件により、江戸幕府は「幕府の法度は天皇の勅許にも優先する」という事を明示した。

これは、元は朝廷の官職のひとつに過ぎなかった征夷大将軍とその幕府が、天皇よりも上に立ったという事を意味している。

この事件の中心人物である沢庵について少し書いておく。

澤庵《たくあん》宗彭《そうほう》、天正元年十二月一日（一五七三年十二月二十四日）～正保二年十二月十一日（一六四六年一月二十七日）は、安土桃山時代から江戸時代前期にかけての臨済宗の僧。

大徳寺住持。諡は普光国師（三百年忌にあたる一九四四年に宣下）。号に東海・暮翁など。

但馬国出石（現兵庫県豊岡市）の生まれ。紫衣事件で出羽国に流罪となり、その後赦されて江戸に萬松山東海寺を開いた。

書画・詩文に通じ、茶の湯（茶道）にも親しみ、また多くの墨跡を残している。一般的に沢庵漬けの考案者と言われているが、これについては諸説ある。

生立ち

和尚は秋庭綱典の次男として但馬国出石に生まれる。父・綱典は但馬国主山名祐豊の重臣であった。八歳のとき但馬の守護山名家は織田信長の侵攻に遭い配下の羽柴秀吉に攻められて滅亡し、父は浪人した。

沢庵は十歳で出石の唱念寺で出家し、春翁の法諱を得た。十四歳で同じく出石の宗鏡寺に入り、希先西堂に師事。秀喜と改名した。

天正十九年（一五九一年）、希先西堂が没すると、この間に出石城主となっていた前野長康は、大徳寺から春屋宗園の弟子・薫甫宗忠を宗鏡寺の住職に招いた。沢庵も宗忠に師事する事になった。

文禄三年（一五九四年）、薫甫が大徳寺住持となり上京したため、沢庵もこれに従い大徳寺に入った。大徳寺では三玄院の春屋宗園に師事し、宗彭と改名した。

薫甫の死後、和泉国堺に出た。堺では南宗寺陽春院の一凍紹滴に師事し、慶長九年（一六〇四年）沢庵の法号を得た。

慶長十二年（一六〇七年）、沢庵は大徳寺首座となり、大徳寺塔中徳禅寺に住むとともに南宗寺にも住持した。

慶長十四年（一六〇九年）、三十七歳で大徳寺の第一五四世住持に出世したが、名利を求めない沢庵は三日で大徳寺を去り、堺へ戻った。

元和六年（一六二〇年）、郷里出石に帰り、出石藩主・小出吉英が再興した宗鏡寺に庵を結んだ。名付けて投淵軒という。

紫衣事件

江戸幕府が成立すると、寺院法度などにより寺社への締め付けが厳しくなる。特に、大徳寺のような有力な寺院については、禁中並公家諸法度によって朝廷との関係を弱めるための規制もかけられた。

これらの法度には、従来、天皇の詔で決まっていた大徳寺の住持職を幕府が決めるとされ、また天皇から賜る紫衣の着用を幕府が認めた者にのみ限ることなどが定められた。

寛永四年（一六二七年）、幕府は、後水尾天皇が幕府に諮ることなく行った紫衣着用の勅許について、法度違反とみなして勅許状を無効とし、京都所司代に紫衣の取り上げを命じた。

これに反対した沢庵は、急ぎ京へ上り、前住職の宗珀《そうはく》と大徳寺の僧をまとめ、妙心寺の単伝《たんでん》、東源《とうげん》らとともに、反対運動を行った。

寛永六年（一六二九年）、幕府は、沢庵を出羽国上山に、また宗珀を陸奥国棚倉、単伝は陸奥国由利、東源は津軽へ各々流罪とした。

上山藩主の土岐頼行は、流されてきた名僧沢庵の権力に与しない生き方と、「心さえ潔白であれば身の苦しみなど何ともない」とする姿にうたれ、歌人でもあった沢庵に草庵を寄進した。

沢庵はここを春雨庵と名づけこよなく愛したといわれている。頼行は藩政への助言を仰ぐなどして沢庵を厚遇した。

寛永九年（一六三二年）、大御所・徳川秀忠の死により大赦令が出され、天海や柳生宗矩の尽力により、紫衣事件に連座した者たちは許された。

沢庵が柳生宗矩に与えた書簡を集めた『不動智神妙録』は、「剣禅一味」を説き、禅で武道の極意を説いた最初の書物である。

沢庵はいったん江戸に出て、神田広徳寺に入った。

しかし京に帰ることはすぐには許されず、同年冬より駒込の堀直寄の別宅に身を寄せ、寛永十一年（一六三四年）夏までここに留まった。

宗珀とともに大徳寺に戻ったのち、将軍・徳川家光が上洛し、天海や柳生宗矩・堀直寄の強い勧めがあり、沢庵は家光に謁見した。

この頃より家光は深く沢庵に帰依するようになった。

同年、郷里出石に戻ったが、翌年に家光に懇願されて再び江戸に下った。沢庵は江戸に留まることを望まなかったが、家光の強い要望があり、帰郷することは出来なかった。

寛永十六年（一六三九年）、家光は萬松山東海寺を創建し沢庵を住職とする。

家光は政事に関する相談もたびたび行ったが、これは家光による懐柔工作であると考えられている。

それは逆に言えば沢庵の影響力がいかに強かったかを示している。

正保元年（一六四四年）、土岐頼行が東海寺に上山の春雨庵を模した塔中を、沢庵のために建立した。

晩年の沢庵の言動は変節とも、家光に取り込まれたとする説もあるが、最終的には紫衣事件において幕府から剥奪された大徳寺住持正隠宗智をはじめとする大徳寺派・妙心寺派寺院の住持らへ紫衣を完全に奪還し、無住状態の大徳寺派・妙心寺派寺院の法灯を揺らぎないものにしたのである。

正保二年十二月十一日（一六四六年一月二十七日）、沢庵は江戸で没した。

「墓碑は建ててはならぬ」の遺誡を残しているが、円覚山宗鏡寺（兵庫県豊岡市出石町）と萬松山東海寺（東京都品川区）に墓がある。

ダイコンの漬物であるいわゆる沢庵漬けは一伝に沢庵が考えたといい、あるいは関西で広く親しまれていたものを沢庵が江戸に広めたともいう。

後者の説によれば、徳川家光が東海寺に沢庵を訪れた際、ダイコンのたくわえ漬を供したところ、家光が気に入り、「たくわえ漬にあらず沢庵漬なり」と命名したと伝えられるが風聞の域を出ない。

フィクション上では、しばしば宮本武蔵と結び付けられる。

例えば、吉川英治作の小説『宮本武蔵』では武蔵を諭すキーパーソン的な役割を担っているが、史実においては武蔵と沢庵和尚の間に接触のあった記録は無い。吉川自身も「武蔵と沢庵和尚の出会いは、自身による創作である」と明言している。

一絲文守七言絶句に後水尾院和韻の十首

年代は判らないが、一絲文守から投贈された七言絶句に対して、院は和歌でもって応えられた。はじめに院の和歌を出し、その歌に対応する和尚の漢詩を出しておく。

山陰道のかたはらに世捨人有、白茅を結びて住める事十年ばかりに成ぬ、かの庵に銘して桐江といふ、三公にもかへざる江山を望みては詩情の資となし、一鳥鳴かざる岑寂をあなまひては禅定を修し、すでに詩熟し禅熟せり、ここに十篇の金玉を連ねて投贈せらる、幽賞やまず翫味飽くことなきあまりに、芳韻をけがしつたなき言葉をつづりて、是に報ふといふ、愧赧はなはだしきものならし

「世捨人」一絲文守のこと。「桐江」寛永九年に和尚が開いた庵の名、後の法常寺。
「愧赧」恥じて赤面する。

うら山し思ひ入りけん山よりも深き心のおくの閑けさ（一〇二五）

「憶昔誅茅空翠間、随縁幾度入人寰、而今悔識聖天子、減却生前一味間」一絲文守

いかでそのすめる尾上の松風に我も浮世の夢を醒さん（一〇二六）

「遅日融々透短櫺、落梅埋尽読残経、春来殊覚愁眠快、万岳松風喚不醒」一絲文守

「すめる」は「住める」と「澄める」に掛かる。

「浮世の夢」

　本歌「年のあけて浮世の夢のさむべくは暮るともけふは厭はざらまし」（新古今・冬・慈円）

思へこの身をうけながら法の道踏みも見ざらん人は人かは（一〇二七）

「偏愛清閑養病身、簷山偃蹇四無隣、有時偶傍水頭立、痩影驚看似別人」一絲文守

「法の道」―仏道

　本歌「いつしかと君にと思ひし若菜をば法の道にぞけふは摘みつる」（拾遺・哀傷・村上天皇）

「踏みも見ざらん人」―仏道に入らない人。

鶯も所得顔にいとふらん心をや鳴く人来《ひとく》人来と（一〇二八）

「扶宗微志化為灰、杲日西傾麾不回、自恨卜居山甚浅、未流菜葉惹人来」一絲文守

本歌「梅の花見にこそ来つれ鶯のひとくひとくと厭ひしもをる」（古今・俳諧歌・読人不知）
「所得顔」得意顔。「軒の忍ぞ、所得顔に青みわたれる」（源氏物語・橋姫）。
「人来人来」人が来た、人が来た。俗世との関わりを厭う和尚の気持に鶯も共感する。

心して嵐もたたけとぢはてて物にまぎれぬ蓬生《よもぎふ》の門（一〇二九）

「茶炉薪尽拾松葉、薬圃地空栽菜根、曾被世人奪幽興、会聴剥啄不開門」一絲文守

「蓬生の門」蓬などが生い茂って荒れ果てた門。

山里も春やへだてぬ雪間そふ柴の籬《まがき》の草青くして（一〇三〇）

「痩骨峻嶒似鶴形、聊湌薄糁任頽齢、钁頭不用重添鉄、荒草遶門春転春」一絲文守

「雪間そふ」積雪の消えたところが増してくる。

去年よりも今年やしげき雪おもる深山の杉の下折の声（一〇三一）

「春浅巖房寒未軽、布団禅板適幽情、定中猶厭生柴火、彷彿秋虫霜後声」一絲文守

参考「待つ人のふもとの道は絶えぬらん軒ばの杉に雪おもるなり」（新古今・冬・藤原定家）
「松杉の下折れしままうづもれて岡を並らぶる雪の山中」（草根集）

此国に伝へぬこそは恨なれ誰あらそはむ法の衣を（一〇三一）

「人間得喪久忘機、古木陰中昼掩扉、定有諸方闡玄化、不妨寒涕湿麻衣」一絲文守

参考「いにしへは思ひかけきや取り交しかく着んものと法の衣を」（千載・雑中・藤原忠道）

世にふるはさても思ふに何をかは人にもとめて身をば拳《かが》めむ（一〇三三）

「白雲分与安禅榻、青草宜為座客氈、収得百年閑影迹、対人懶更竪空拳」一絲文守

「身をば拳めむ」身を潜める。忍び隠れる。

故郷に帰ればかはる色もなし花も見し花山も見し山（一〇三四）

「透得関名破利関、更無一物犯心顔、客来若問解何道、笑払巌花見遠山」一絲文守

下句の対句表現は漢詩に唱和するという行為に触発されてのものか。

この一連は、一絲文守の漢詩の七言絶句の四句目末字に和韻するものである。

院の和歌の後の数字は『後水尾院御集』の和歌に付けられた歌番号である。

公家の茶の湯

茶の湯もまた「結界」を必要とする芸能世界であった。

千利休によって完成された侘び茶は、後水尾院の時代に改めて大きな文化の潮流となる。

日本人が古代より持っていた「宴」という神人共食的な饗応の伝統に茶の湯も組み込まれたために、主客ともに清めの儀式を強いられるような「聖性」を含んでいたのである。

聖なる場で非日常的な行為をするには、日常的な世界との間に厳しい結界が設けられる。

茶の湯では、その結界が「露地」であり、「にじり口」であった。

武家や町衆に流行した茶は、このような露地やにじり口のような市中の山居的な狭隘な場—茶室—に実現されたのだが、
後水尾院をはじめとする公家の茶の湯は、また別の結界を設けた。

それが浴竜池のような「池」の結界だった。


寛永二十年(一六四三)三月二十六日、鳳林和尚が後水尾院に仙洞御所で茶を献じた日記がある。

この日は朝から青天白日のよい天気。先ず茶屋で懐石を院に差し上げた。

部屋飾りは亀山天皇の宸翰を懸け、立花の達人である高雄上人をわざわざ招いて花を入れさせた。

やがて膳が終る。膳が済むと菓子が出る。菓子を食べ終ると客は座を立つ。この休憩を「中立《なかだち》」という。

武家や町衆の茶会では、いったん客は庭に出て待つうちに亭主は座をあらためて茶を点てる準備をす

るが、この仙洞での茶会ではそのまま、用意してあった舟に乗って舟遊びとなる。ここで思い出されるのが、先に書いた桂山荘での舟遊びである。やはり書院で切麦などの軽い食事を済ませたのち、池の舟中で菓子を食べ、茶屋に上がって茶となっていた。

仙洞の茶会では菓子をどこで食べたかわからないが、あるいは舟遊びの中で食べた可能性がある。いずれにしても茶会の中立にあたるときに舟遊びが行われていたことがわかる。

さて舟はどこに着いたのだろうか。仙洞御所の図を見ると、南北に細長い池になっていて、御殿と池を挟んで向い側に茶屋があった。

〈御舟より御茶屋にならせられ、すなはち御茶を相催さる〉とある。

池を舟でめぐって再び茶屋に上った。濃茶のあと菓子やらいろいろ出て薄茶が重ねられただろう。侘び茶であればここで茶会は終るのだが、公家の茶には後段として酒宴が続けられた。

日記の記事は続く。

〈日暮れの後、ようやく後段を出す。御盃出し、御酒を奉る。すなはち各々謡声を発し、乱酒。〉

乱雑な雰囲気となって、院はご機嫌で鳳林和尚は天盃を四回も頂戴するという破格のもてなしを受ける。

〈仙洞御機嫌能く、竜顔笑みを含められるにより予の満悦浅からざるもの也。〉

ついに院は酔いつぶれる。院は、今宵は庚申、いささか羽目を外してもよかろうという。

夜ふけて午前二時ころにようやく茶屋から御殿に戻られた。

ほぼ同時代の建築である西本願寺の飛雲閣を見ると、まさにはじめから閣の入り口は池中の舟だけに開かれいて、池の端から舟による彼岸への渡海によって、会所あり風呂あり、展望台まである飛雲閣に到着する。

内部ではさまざまな接待があり、茶や酒や美膳が用意され、舞踊などの遊びが池を渡ってくる人々をユートピアへ誘い込んだのである。

このような遊楽図屏風的な世界から隔たらない所に院の遊宴、ことに茶の湯の世界もあったと言えよう。

後水尾院の茶の湯好きは徹底していて、鳳林和尚の日記『隔蓂記』だけでも三十四回以上の詳しい記述があるので、まだまだ多かったと思われる。

院の茶会の特徴は「掛物」で宸翰は四度登場するがそのうち三回が後鳥羽上皇であった。歌集を見ると後鳥羽上皇を慕う歌が幾首も見出せる。

波風を嶋のほかまでおさめてや世を思ふ道に春もきぬらむ

この歌は寛永八年（一六三一）二月、後鳥羽上皇が流された隠岐の島へ奉納する二十首の歌の中のひとつである。

嵯峨天皇にはじまり、清和、後鳥羽、後醍醐と続く皇統の系譜が後水尾院の文化を形成せしめる骨格を成していたと言えるだろう。

後鳥羽上皇以上に多用されたのが藤原定家で、江戸時代初頭の定家ブームが、こうしたところにも表れている。

院が茶を誰から学んだかの記録はないが、当時の公家の茶に一番大きな影響を与えたのは金森宗和であった。院も間接ではあったが宗和を信頼する一人であった。

金森家は代々茶の道に詳しく名物茶器も所持する家であったから、宗和はもともと茶人として著名だった。大阪冬の陣に際して父子の間で意見が衝突して母を伴って京へ出奔。

京都御所八幡町という禁裏のすぐ西側に住まいする牢人茶人としての新しい人生を始めたのである。

茶道史の通説では宗和の好みを〈姫宗和〉という。公家好みの上品で華やかさを持った優雅さが特徴だったようである。彼の茶を愛したのは近衛信尋や一条兼遐だった。

陽明文庫に収蔵される院の手紙に〈金森宗和とやらん内者、古筆あつめ候者の手鑑、其外にも短冊も切も所持申し候分、み申し度く候〉とあって、両者の深い縁を思わせる。

公家の茶で金森宗和が人気があったのは、彼が竹の茶入製作の名人だったことも一理だろう。公家たちは茶の湯で使う竹の茶入を珍重したので、引っ張りだこだった様子が記録に残る。

それとともに近世前期の陶芸史を輝かしいものにした京焼の世界、ことに野々村仁清の焼物であり、特に「錦手」と言われる色彩鮮やかな陶器を生み出し、非凡な造形力の天才的な人物だが、彼が御室焼と呼ばれる新しい陶芸を始めたとき、いち早く支持者になったのが金森宗和だった。

寛文四年（一六六四）十二月四日に、後水尾院の修学院で、世にいう〈修学院焼〉が焼き上がった。いま、その焼き物の遺品を見ると初期京焼独特の優美さと色彩を持ち、仁清と共通するところが強く感じられる。

『隔蓂記』寛文七年（一六六七）十二月九日の条によれば、修学院焼五点を鳳林和尚は拝領しており、翌年正月十一日には院が修学院焼をいくつも部屋に飾って人々に優劣をつけさせ配分している。ついに院の山荘の風流は一会の遊興のみならず、新しい陶芸をも含み込むものへと展開したのだ。

あとがき

『修学院幻視』を出してから丸二年経った。

今回その続編を出すことになった。ここに至るまでに様々あったので、その経緯を書いておきたい。

旧原稿は、原資料の数が多すぎて著作権に触れるということで断られた。

もう数年前のことである。そんなことで放置してあったが、原稿を半分に減らし、他の新作を加えて『修学院幻視』を上梓したのである。したがって原稿が残っているので、愛着もあり残りの原稿を今回出す決心をした。

題名については続編なので、Ⅱとか「続」とか「余話」とか色々考えたが「夜話」にした。

文人であった後水尾院が仲間を集めて談論風発される夜話、という趣向である。

半分は後水尾院とは関係がない文章だが、ページ数の関係とお許しいただきたい。

短歌誌である「未来山脈」に載せたものは、私としては散文の「短詩」として書いたものなので敢えて「詩集」としての扱いにしたので、そのように読んでもらいたい。

『後水尾院御集』（久保田淳監修・鈴木健一著　明治書院刊「和歌大系68」平成十五年）

『後水尾天皇』（熊倉功夫　中公文庫二〇一一年再版）

後水尾院に関する原資料については、この両著に当該部分の引用、参照にお世話になった。

心より厚く御礼申し上げる。以上、明示しておく。

老来、雑駁な生活に終始しているので、短歌の韻律に馴染めないので、最近は専ら散文詩である。

そんなことで光本恵子主宰にもお許しをいただきたい。もとより拙いものである。

今回も「澪標」松村信人氏のお世話になることになった。

二〇二〇年秋　コロナウイルスの跳梁収まらぬ季に

初出一覧

一ツ森羨望	書き下ろし	
閉所恐怖症	未来山脈	2020年5月号
ロマネスク	〃	2020年6月号
最後の審判	〃	2020年7月号
二ツ森幻視	書き下ろし	
隣の芝生	未来山脈	2020年8月号
アーチーズ	〃	2020年9月号
紅　葉	〃	2020年10月号
シ　ラ	〃	2020年11月号
三ツ森ハレ変異	書き下ろし	
『後水尾院御集』恋の歌	「草の領域」	2012/08/21
後水尾院と徽宗のこと	「草の領域」	2012/09/11
禁裏は火事が多かった	「草の領域」	2012/09/12
「天子諸芸能のこと、第一御学問なり」	「草の領域」	2012/09/13
儲君とは？	「草の領域」	2012/09/15
後水尾院の側近―中院通村の歌	「草の領域」	2012/09/19
渋川春海のこと	「草の領域」	2012/09/21
一絲文守のこと他　立花と庭園	「草の領域」	2012/09/26
八条宮智仁親王添削歌	「草の領域」	2012/09/28
徳川家光公薨去に遣わされた歌	「草の領域」	2012/09/29
紫衣事件	「草の領域」	2012/10/01
一絲文守七言絶句に後水尾院和韻の十首	「草の領域」	2012/10/05
公家の茶の湯	「草の領域」	2012/10/06

著者略歴

木《き》村《むら》草《くさ》弥《や》（本名・重夫）

1930年2月7日京都府生まれ。

Wikipedia 一木村草弥

著書

歌集『茶の四季』角川書店 1995/07/25 初版 1995/08/25 2刷

　　『嘉木』角川書店 1999/05/31 刊

　　『樹々の記憶』短歌新聞社 1999/07/18 刊

　　『嬬恋』角川書店 2003/07/31 刊

　　『昭和』角川書店 2012/04/01 刊

　　『無冠の馬』KADOKAWA 2015/04/25 刊

　　『信天翁』澪標　2020/03/01刊

詩集『免疫系』角川書店 2008/10/25 刊

　　『愛の寓意』角川書店 2010/11/30 刊

　　『修学院幻視』澪標　2018/11/15 刊

私家版（いずれも紀行歌文集）

　　『青衣のアフェア』

　　『シュベイクの奇行』

　　『南船北馬』

E-mail＝sohya@grape.plala.or.jp

http://poetsohya.web.fc2.com/

http://poetsohya.blog81.fc2.com/

http://facebook.com/sohya38

http://twitter.com/sohya8

現住所　〒610-0116 京都府城陽市奈島十六7

「未来山脈叢書二一〇篇」　修学院夜話

二〇二〇年十一月一日発行

著　者　木村草弥

発行者　松村信人

発行所　澪　標《みおつくし》

大阪市中央区内平野町二 - 三 - 十一 - 二〇二

TEL　〇六 - 六九四四 - 〇八六九

FAX　〇六 - 六九四四 - 〇六〇〇

振替　〇〇九七〇 - 三 - 七二五〇六

印刷製本　亜細亜印刷㈱

DTP　山響堂 pro.